Paula Harrison

Kitty

Geheimauftrag bei Nacht

Alle Bände von Kitty:

Band 1: Mission im Mondschein
Band 2: Geheimauftrag bei Nacht

Paula Harrison

Kitty

Geheimauftrag bei Nacht

Illustriert von Jenny Løvlie

Aus dem Englischen übersetzt
von Nadine Mannchen

Band 2

Loewe

Für Katze Inky, das größte Schlitzohr der ganzen Stadt – P.H.

Für Helena und ihre Katzenbande – J.L.

FSC
www.fsc.org
MIX
Papier aus verantwortungsvollen Quellen
FSC® C018236

ISBN 978-3-7432-0681-6
1. Auflage 2021
Erschienen unter dem Originaltitel *Kitty and the Tiger Treasure*

Kitty and the Tiger Treasure was originally published in English in 2019.
This translation is published by arrangement with Oxford University Press.

Aus dem Englischen übersetzt von Nadine Mannchen
Umschlaggestaltung: Michael Dietrich
Printed in the EU

www.loewe-verlag.de

Inhalt

Kitty & ihre Katzenbande

Kitty

Kitty hat ganz besondere Kräfte. Doch ist sie schon bereit, eine Superheldin zu sein wie ihre Mutter?

Zum Glück hat Kitty ihre Katzenfreunde, die fest an sie glauben und ihr zeigen, dass eine echte Heldin in ihr steckt!

Tiger

Ein kleiner orange getigerter Straßenkater, der Kitty über alles liebt.

Figaro

Figaro ist weise und freundlich und kennt die Nachbarschaft wie die Muster auf seinem Fell.

Pixie

Pixie hat ein Näschen dafür, in Schwierigkeiten zu tappen, und eine blühende Fantasie.

Katsumi

Katsumi ist schlau und gebildet. Sobald es irgendwo Ärger gibt, sagt sie Kitty sofort Bescheid.

Auf ins Abenteuer!

Mit einem weiten Satz sprang Kitty vom Sofa zur Tür. „Sofort stehen bleiben!“ Sie zeigte auf Tiger, den kleinen Kater. „Diesmal kommst du nicht so leicht davon!“

Tiger, ein molliges orangerotes Kätzchen mit zarten schwarzen Schnurrhaaren, brachte sich in Sicherheit. „Mich kriegst du nicht!“, miaute er und flitzte in Kittys Zimmer.

Kitty jagte ihm kichernd hinterher. Tiger

hüpfte aufs Bett und rollte sich auf den Rücken, damit Kitty sein flauschiges Bäuchlein kitzeln konnte.

Da kam Kittys Mama herein. „Was treibt ihr zwei denn da? Hier drin wird ja verdächtig viel gekichert."

„Wir spielen *Fang den Bösewicht*!", erklärte Kitty. „Das ist ein neues Spiel, das wir erfunden haben. So kann ich meine Superkräfte trainieren, damit ich bereit bin, wenn ich sie brauche."

„Verstehe!“ Mama strich Kitty über die dunklen Haare. „Es freut mich, dass du fleißig übst. Aber es ist schon spät. Zeit, zur Ruhe zu kommen und ins Bett zu gehen.“

Kitty schlüpfte unter ihre Decke. „Ich bin auch schon ganz müde.“

„Das überrascht mich nicht!“ Lächelnd deckte Mama Kitty zu.

Kitty lächelte zurück. Kittys Mutter verstand genau, wie wichtig es war, dass Kitty ihre Kräfte trainierte. Kittys Familie hatte nämlich ein ganz besonderes Geheimnis: Mama war eine echte Superheldin, die nachts loszog, um mit ihren Katzensuperkräften den Menschen zu helfen. Kitty und ihr kleiner Bruder Max hatten diese außergewöhnlichen Fähigkeiten von ihrer Mutter geerbt. Kitty konnte im

Dunkeln sehen und selbst weit entfernte Geräusche hören. Außerdem konnte sie perfekt balancieren und wahnsinnig tolle Saltos schlagen. Und das Beste: Sie konnte mit Tieren sprechen!

Vor einigen Wochen hatte Kitty ihr allererstes Mondschein-Abenteuer erlebt. Sie hatte Tiger kennengelernt, der keine Freunde und außerdem kein Zuhause gehabt hatte. Kitty war überglücklich, dass der kleine orange Kater beschlossen hatte, bei ihr zu bleiben.

Inzwischen gehörte er zur Familie und schlief jede Nacht bei Kitty im Bett.

„Vergiss nicht, morgen haben wir viel vor", sagte Mama, während sie Kittys Kleidung aufräumte. „Wir wollen uns doch die neue Ausstellung im Stadtmuseum ansehen! Sie zeigen die Statue des Goldenen Tigers und eine Menge anderer antiker Schätze."

Kitty setzte sich noch einmal auf. „Ist der Goldene Tiger wirklich mit Diamanten besetzt?"

„Das stimmt! Und die Augen sind aus großen Smaragden", antwortete Mama.

„Ich bin ja so gespannt!", rief Kitty.

„Schön, dass du dich so freust", sagte Mama lachend. „Aber jetzt schlaf gut, mein Schatz!"

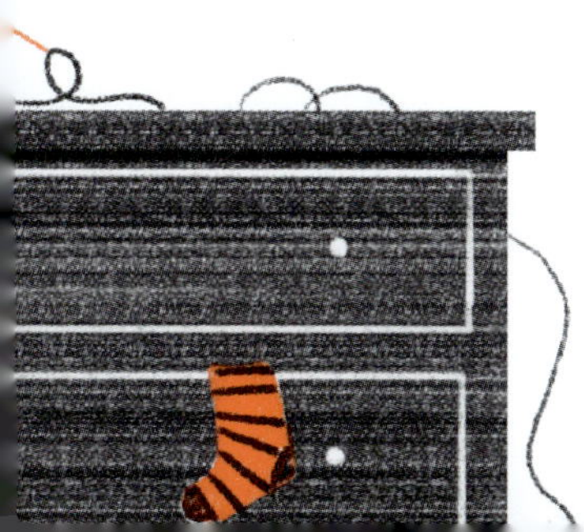

Kitty knipste ihr Nachtlicht an und kuschelte sich in ihre Decke. Ach, wenn doch schon morgen wäre! Angeblich waren die neuen Kostbarkeiten im Museum unglaublich. Der Goldene Tiger war ein Vermögen wert, weil er mit so vielen Juwelen geschmückt war. Kitty konnte es nicht erwarten, sie zu sehen!

Tiger tapste übers Bett und rollte sich neben ihr zusammen. Seine Augen leuchteten im schwachen Licht und sein samtweiches Fell schmiegte sich an Kittys Arm. Kitty seufzte glücklich und schloss die Augen. In Gedanken malte sie sich all die tollen Schätze aus.

Doch Tiger war unruhig. „Kitty, schläfst du schon?", flüsterte er.

Schlagartig schlug Kitty die Augen auf. „Nein! Was ist denn, Tiger?"

Das Kätzchen zuckte mit den Schnurrhaaren. „Wie ist die Goldene-Tiger-Statue denn so? Ist sie riesig?“

„Auf den Bildern sieht sie eher klein aus. Wahrscheinlich auch nicht größer als du!“

„Warum ist sie dann so besonders?“, wollte Tiger wissen.

„Mama sagt, sie war Tausende von Jahren in einem uralten Grabmal versteckt, bevor Archäologen sie gefunden haben. Sie ist mit Gold bemalt und mit Diamanten geschmückt. Und die Augen des Tigers sind funkelnde Smaragde."

„Dann muss sie sehr wertvoll sein." Tiger kuschelte sich an Kittys Schulter.

„Sie ist unbezahlbar!", erzählte Kitty. „Und vielleicht hat sie sogar magische Kräfte. Eine Legende besagt, dass der Goldene Tiger hört, was du dir tief im Herzen wünschst. Und wenn du seine Pfote berührst, erfüllt er dir deinen allergrößten Wunsch."

„Oooh, das klingt aber geheimnisvoll." Tigers Augen wurden immer größer.

„Papa hat mir alles darüber erzählt", fuhr

Kitty fort. „Eine Menge Menschen hatten Glück, nachdem sie die Statue gesehen hatten. Aber angeblich gibt es auch einen Fluch: Wenn ein Bösewicht die Statue wütend macht, sendet sie Geister aus, um ihn zu bestrafen!"

Tiger schauderte. „Oh, wie gruselig!"

„Hoffentlich komme ich morgen überhaupt dazu, sie aus der Nähe zu sehen. Die neue Ausstellung öffnet zum ersten Mal, also wird bestimmt viel los sein."

„Ich wünschte, ich könnte mitkommen!", sagte Tiger. „Dürfen Katzen ins Museum?"

Kitty schüttelte den Kopf. „Ich glaube nicht. Obwohl das eigentlich unfair ist!" Eine Weile lag sie still da. Dann setzte sie sich so plötzlich auf, dass sie Tiger fast vom Bett schubste.

„Ich habe eine super Idee! Wenn wir das Museum heute Nacht besuchen, könnten wir uns alles anschauen, ohne Gedränge. Wir hätten die Ausstellung ganz für uns allein!"

Tigers Näschen zuckte. „Aber … ist es nachts im Museum nicht sehr unheimlich?"

„Dort gibt es lauter interessante Sachen. Und wir könnten sie uns gemeinsam ansehen."

Kitty kraulte Tiger am Kinn. Sie wusste, dass der orange Kater vor neuen Dingen und Orten schnell Angst bekam. Immerhin war er noch klein, und bevor er Kitty getroffen hatte, war er ganz allein gewesen. „Hättest du nicht auch Lust auf ein neues Mondschein-Abenteuer?“

Tiger nickte langsam. „Die Statue mit den Diamanten und Smaragden klingt wirklich super. Edelsteine funkeln so hübsch, stimmt's?“

Kitty schlug die Decke beiseite und sprang aus dem Bett. „Wir sollten gleich los! Das Museum liegt nur zehn Minuten von hier und mithilfe meiner Superkräfte kann ich ganz leicht einen Weg über die Dächer dorthin finden.“

Tiger hüpfte aufs Fensterbrett und schob den Vorhang mit der Nase zur Seite.

Vom Himmel schien eine helle Mondsichel. Silbriges Licht fiel ins Zimmer. Kitty hatte das Gefühl, als wäre ihr Bauch voller Blubberblasen, wie in einem Limonadenglas, so aufgeregt war sie. Sie betrachtete die Hausdächer, die sich vor ihr aneinanderreihten. Sofort hatte sie einen Weg entdeckt, der sie an den Schornsteinen vorbei an ihr Ziel bringen würde – wie ein Geheimgang, den nur sie sehen konnte!

Wieder zuckte Tiger mit der Nase. „Ich hoffe nur, es fängt nicht an zu regnen."

„Und wenn, dann stellen wir uns eben irgendwo unter." Kitty schlüpfte in ihr Superheldenkostüm, band sich den schwarzen Umhang um und befestigte den Katzenschwanz. Zum Schluss setzte sie die Katzenohren auf und betrachtete sich im Spiegel. In ihrem Katzenkostüm fühlte sie sich wie eine echte Superheldin! Sobald der Mond hinter einer Wolke hervorlugte und hell leuchtete, begannen auch die Kräfte in ihrem Inneren zu erwachen.

Als sie das Fenster öffnete, blies der Nachtwind ihr entgegen und ließ die Vorhänge flattern. Mit pochendem Herzen kletterte Kitty auf den Fenstersims.

Loszuziehen, um sich nachts die Schätze des Museums anzusehen, war aufregend, aber auch ein kleines bisschen unheimlich.

„Bist du bereit, Tiger? Zeit für unser nächstes Abenteuer!“

Ausflug im Mondschein

Kitty kletterte vom Fenstersims aufs Dach und rannte federleicht darüber. Am Nachthimmel funkelten die Sterne wie Diamanten. Kitty atmete die kühle Luft tief ein. Wenn der Mond so hell leuchtete und die Nacht so magisch erschien, waren ihre Fähigkeiten so mächtig wie nie. Sie schlug ein Rad und spürte sofort, wie die Kraft durch ihren Körper rauschte.

„Kennst du den Weg zum Museum, Kitty?", fragte Tiger, der neben ihr herflitzte.

Kitty blickte über die Dächer. Durch ihre besondere Gabe konnte sie auch bei Nacht alles ganz scharf sehen. „Ja klar. Sieh mal, da vorne in der Kronenstraße ist es schon." Sie deutete auf ein hohes Gebäude aus hellen Steinen. Es hatte ein Kuppeldach und auf

beiden Seiten des Haupteingangs standen riesige Säulen.

Gemeinsam rannten Tiger und Kitty über die Dächer und um Schornsteine herum. Mit flatterndem Umhang sprang Kitty von einem Haus zum nächsten. Um sie wehte der Wind und ließ die Bäume schwanken, sodass die Schatten der Äste im Mondschein tanzten.

Plötzlich tauchte hinter einem Schornstein eine seidig schwarze Katze mit weißem Gesicht und weißen Pfoten auf. Sofort erkannte Kitty ihren Freund Figaro. „Hallo, Figaro! Was machst du denn hier?"

„Auf dich warten, was sonst!" Figaro zwirbelte seine Schnurrhaare. „Ich habe zufällig gesehen, dass du aus deinem Fenster geklettert bist, und dachte mir: In was für ein Abenteuer wird Kitty sich heute wohl stürzen?"

„Wir gehen ins Stadtmuseum, um uns die Goldene-Tiger-Statue der neuen Ausstellung anzuschauen", erklärte Kitty.

„Wir wollen sie vor dem großen Menschenandrang morgen sehen." Tiger zuckte aufgeregt mit dem orangen Schwänzchen.

„Die Statue des Goldenen Tigers ist ein

seltenes und geheimnisvolles Objekt!"
Figaros Augen leuchteten. „Ich habe merkwürdige Legenden über ihre Kräfte gehört."

„Möchtest du mitkommen?", fragte Kitty.

„Das wäre mir ein wahres Vergnügen, meine liebe Kitty." Figaro verneigte sich. „Geh nur voraus!"

Kitty führte sie über die Dächer zur Kronenstraße, in der sich

das Museum befand. Auf dem Dach des Museums angekommen, sah sie sich um. Es war ein Flachdach, in dessen Mitte die Kuppel aus Glas aufragte. Das Gebäude selbst war riesig und auf jeder Seite gab es mehrere Türen und Fenster.

„Wo der Goldene Tiger wohl ausgestellt ist?" Kitty kletterte auf den nächsten Fenstersims hinunter und spähte durch die Scheibe. In einem Glasschrank entdeckte sie eine Reihe antiker Schwerter.

Als sie auf den nächsten Sims kletterte und durch das Fenster blickte, sah sie in verschiedenen Vitrinen Porzellanvasen und silberne Teller.

Tiger hielt sich dicht an Kitty, während Figaro elegant von einem Absatz zum nächsten stieg. Kitty spähte in jeden der dunklen Räume. Das Museum war so groß! Wo könnte der Goldene Tiger nur sein? Endlich entdeckte sie ein glänzendes Spruchband: *Treten Sie ein und entdecken Sie die antiken Schätze des Inkareichs!* Sie folgte dem Pfeil und hüpfte auf den nächsten Fenstersims, von dem aus sie neugierig nach innen schaute.

Der Goldene Tiger stand auf einem kleinen Podest, um das ein rotes Seil aus Samt gespannt war. Über der Statue leuchtete ein Scheinwerfer und die Smaragdaugen des Tigers strahlten so hell und grün, dass Kitty sich tatsächlich kurz fragte, ob er lebendig war. Der Goldene Tiger saß aufrecht da und hatte eine Pfote in die Luft erhoben. Er war ganz und gar vergoldet, sein Rücken war mit

zierlichen schwarzen Streifen bemalt und sein Fell bestand aus lauter Diamanten.

„Wow!", rief Tiger. „Sieht der schön aus!"

„Ich muss schon sagen, er ist sehr beeindruckend." Figaro schwang seinen schwarzen Schwanz. „Wirklich höchst beeindruckend!"

Kitty drückte die Nase gegen das Fenster. Die Regale rings um die Statue waren beladen mit Schätzen, doch der Goldene Tiger war mit Abstand am prächtigsten. „Ich würde zu gerne ein bisschen näher ran. Dann könnte ich herausfinden, ob die Statue wirklich einen Wunsch erfüllt, wenn man ihre Pfote berührt!"

„Was würdest du dir denn wünschen, Kitty?", fragte Tiger.

„Ich weiß nicht." Kitty kaute auf ihrer Lippe. „Die Juwelen auf diesen Schätzen sehen so wunderschön aus. Ich glaube, ich hätte auch gerne ein paar Diamanten, Smaragde und Rubine!"

Liebevoll schmiegte Tiger seinen gestreiften Kopf an Kittys Knie.

„Ich finde, eine genauere Inspektion der Statue ist eine hervorragende Idee", sagte Figaro. „Mir fallen viele Dinge ein, die ich mir wünschen könnte: ein Rundum-Verwöhnprogramm im Schönheitssalon oder ein Vier-Gänge-Menü in *Fridolins Feinstem Fischrestaurant*! Lasst uns gleich hineingehen!"

Kitty zögerte. „Seid ihr sicher? Nachts darf doch eigentlich niemand ins Museum."

„Ach bitte, Kitty!" Tiger sah sie mit seinen großen Augen an. „Ich werde auch nichts anfassen, versprochen!"

Kitty nickte. „Na gut – aber wir müssen gut aufpassen." Ein Stockwerk tiefer entdeckte sie ein offenes Fenster. „Da unten führt ein Weg hinein." Sie hielt sich an einem Regenrohr fest und wollte eine Etage tiefer klettern.

Plötzlich ertönte über ihr ein Fauchen.

„MIAAAAAUUUU!" Etwas landete schwer auf Kittys Schulter.

Kitty strauchelte und musste sich am Regenrohr festklammern, um nicht abzustürzen.

Tiger bekam Angst und hüpfte auf Kittys Fuß, um ihn mit seinen Pfötchen auf den Sims zu drücken. „Auweia! Keine Angst, ich hab dich!"

Das Etwas war eine graue Perserkatze mit hellblauen Augen, die nun auf den Sims sprang und Kitty grimmig musterte. „Diebe erkenne ich auf den ersten Blick. Ihr wollt das Museum bestehlen, aber das werde ich nicht zulassen!“

Kitty schaute die Katze überrascht an. Wer war sie und warum hielt sie Kitty und ihre Freunde für Diebe?

Ein Dieb im Museum!

Die graue Katze zuckte verärgert mit dem Schwanz. „Ich bin die Museumskatze und lasse Einbrecher nicht ungeschoren davonkommen.“ Sie betrachtete Figaro und Tiger. „Ihr zwei solltet euch schämen, ihr auch noch dabei zu helfen! Eine wahre Katze würde so etwas nie tun!“

Figaros seidiges schwarz-weißes Fell sträubte sich. „Was für eine Frechheit! Wie kannst du es wagen, uns einfach gemeine Diebe zu nennen?"

„Psst, Figaro! Ist schon in Ordnung." Kitty wandte sich an die graue Katze. „Du musst dir keine Sorgen machen. Wir sind nicht hier, um etwas zu stehlen. Wir wollten uns nur die Goldene-Tiger-Statue ansehen, weil wir uns so auf sie gefreut haben. Ich heiße Kitty und habe Superkräfte."

„Ah ja, von dir habe ich schon gehört." Die graue Katze betrachtete Kittys schwarzen Umhang und ihre Katzenohren. Dann neigte sie den Kopf. „Mein Name ist Cleo. Entschuldige, dass ich dich einfach so angesprungen habe."

„In der Tat, du solltest dich wirklich entschuldigen!“ Figaro runzelte verärgert die Stirn. „Ganz schön frech, einfach so auf jemandem zu landen! Das gehört sich wirklich nicht.“

„Als ich euch über den Sims schleichen sah, bekam ich einen falschen Eindruck“, sagte Cleo. „Ich hoffe, ich habe euch keinen allzu großen Schrecken eingejagt.“

„Keine Angst – uns geht es gut!“, beruhigte Kitty die graue Katze. „Wahrscheinlich haben wir wirklich ein bisschen verdächtig ausgesehen.“

Figaro stieß ein *Hmpf!* aus und wandte sich ab, um seine Pfoten sauber zu lecken.

Tiger krabbelte über den Sims und sah Cleo neugierig an. „Wohnst du wirklich hier im Museum?“

„Ich schlafe in einem Büro im hinteren Teil des Gebäudes“, erklärte Cleo. „Eigentlich gehört es Sven, dem Nachtwächter, aber er ist mal wieder in seinem Stuhl eingeschlafen. Daher ist es meine Aufgabe, auf das Museum aufzupassen. In der neuen Ausstellung gibt es eine Menge wertvoller Dinge.“

„Klingt so, als solltest du eigentlich die Nachtwächterin des Museums sein“, fand Kitty.

Cleo rieb sich mit der Pfote übers Ohr. „Ich wäre zu gerne eine richtige Wächterin, aber die Menschen scheinen nicht zu merken, wie hart ich arbeite. Trotzdem bin ich einfach gerne hier – es ist wundervoll! Soll ich euch eine Führung geben?"

„Oh ja, bitte!" Kittys Augen leuchteten. „Wir möchten unbedingt den Goldenen Tiger sehen."

„Das ist eine ganz besondere Statue", sagte Cleo stolz. „Aus der Nähe sieht sie sogar noch prächtiger aus. Ich bringe euch rein – aber fasst bitte nichts an!"

„Was ist das für ein komischer Schatten auf dem Goldenen Tiger?", fragte der kleine Tiger plötzlich. „Ich kann die Statue kaum noch sehen."

„Über der Statue brennt ein Scheinwerfer. Man sollte sie eigentlich immer sehen können." Kitty spähte durchs Fenster. Tiger hatte recht. Dort war ein Schatten … und er bewegte sich!

„Ist das gruselig!", quiekte Tiger. „Das ist doch nicht etwa der Fluch, oder?"

Kitty trat ganz dicht an die Scheibe. Der Schatten glitt über die Schaukästen und war plötzlich verschwunden. Dann schaltete jemand oder etwas den Strom ab. Schlagartig wurde es im Ausstellungsraum dunkel.

Kitty lief es kalt den Rücken hinunter. „Was ist da los? Cleo, irgendwas stimmt da nicht!"

Cleo sprang sofort zu ihr. Figaro hörte auf, seine Pfoten abzuschlecken, und gesellte sich ebenfalls zu ihnen.

Da tauchte der Mond hinter einer Wolke auf und schien direkt durch die Glaskuppel. Der unruhige Schatten wurde deutlicher. Er hatte dichtes braun-weißes Fell und lange Schlappohren.

„Das sieht aus wie ein Hund. Was hat der denn im Museum zu suchen?“, fragte Kitty ungläubig.

„Ein Eindringling!“ Cleos Fell sträubte sich. „Und ich war so mit euch beschäftigt, dass ich es nicht einmal bemerkt habe.“

Der Hund schlich durch den Raum, bis er direkt neben dem Goldenen Tiger angekommen war.

Bei meinen Schnurrhaaren!“, rief Figaro. „Er hat es auf die Statue abgesehen!“

Erschrocken sahen sie zu, wie der Hund sich vorbeugte und die Vorderpfoten ausstreckte …

Er stieß die Statue vom Podest. Kurz rollte der Goldene Tiger über den Museumsboden, wobei die Diamanten im Mondlicht funkelten.

Seine Smaragdaugen glühten wie die eines echten Tigers. Dann nahm der Hund die Statue in sein Maul und rannte mit ihr davon.

„Er entwischt!“, quiekte Tiger.

Kitty sah den verzweifelten Ausdruck in Cleos Gesicht. „Keine Sorge! Wir helfen dir, ihn zu fangen.“ Sie kletterte am Regenrohr hinab zu dem Sims mit dem offenen Fenster.

Kitty schob es ein Stück weiter auf und sprang dann nach innen. Im Museum war alles still und ruhig.

Cleo schüttelte den Kopf. „Sven muss schon wieder vergessen haben, die Alarmanlage einzuschalten!“

Kitty schaute sich um und bekam ein mulmiges Gefühl. Bei ihrem letzten Besuch im Museum war es hell und laut gewesen und voller Menschen.

Doch nun hockte ein dunkler Umriss in der Ecke und im Mondschein funkelte etwas metallisch. Kitty traute sich nicht einmal mehr, Luft zu holen. Dann passten ihre Augen sich an und sie erkannte die Wachsfigur eines altmodischen Soldaten mit einem Speer in der Hand. Langsam atmete Kitty durch,

damit ihr Herzschlag sich wieder beruhigte. Der Dieb des Goldenen Tigers war noch irgendwo im Gebäude und Kitty war fest entschlossen, ihn zu fangen.

Hinter ihr purzelten Cleo und Tiger in den Raum. Zuletzt folgte Figaro, der mit zuckendem Schwanz elegant von der Fensterbank herabkletterte.

„Cleo, kannst du uns zur Ausstellung bringen?“, bat Kitty.

„Hier entlang!“ Cleo führte sie über eine prächtige Marmortreppe in einen fantastischen Raum direkt unter dem Kuppeldach.

Durch das Glas der Kuppel fiel Mondlicht. Ringsherum lagen die Schätze der Ausstellung in verschiedenen wunderschönen Schaukästen.

Es gab Fächer in zarten Farben, Münzen mit seltsamen Zeichen und silberne Teller, die mit Rubinen besetzt waren.

Ein Scheinwerfer leuchtete auf den Platz, auf dem der Goldene Tiger gestanden hatte. Cleo lief mit wehendem Schwanz um das Podest herum. „Ich hätte etwas merken sollen!", murrte sie. „Ich hätte besser aufpassen müssen."

Kitty wurde das Herz schwer, als sie das leere Podest betrachtete. Der wertvollste Schatz von allen war fort und die ganze Stadt würde enttäuscht sein. Und was am schlimmsten war: Was, wenn die Statue *tatsächlich* Wünsche erfüllen konnte? Wenn der Goldene Tiger einem Bösewicht in die Hände fiel, könnte er sich etwas Schreckliches wünschen!

„Seht mal – Pfotenabdrücke!" Tiger zeigte auf eine Spur, die in der Dunkelheit verschwand.

Sie folgten der Fährte bis zu einer Wendeltreppe. Doch dort endeten die Abdrücke.

„Ich fürchte, wir haben die Spur verloren“, sagte Figaro bedrückt. „Dieses Gebäude ist enorm. Den Schurken nun noch zu finden ist unwahrscheinlich.“

„Wartet, hört doch!“ Kitty lauschte. Dank ihres Supergehörs fiel ihr auf, dass auf der Galerie über ihnen Pfoten über den Boden tappten. „Er ist da oben! Wir können ihn noch erwischen.“

Mit klopfendem Herzen flitzte sie die Treppe hinauf. Die Jagd nach dem Dieb hatte gerade erst begonnen!

Ein geheimer Auftrag

Flink nahm Kitty eine Stufe nach der anderen und die Katzen sausten hinterher. Als sie oben ankamen, kniff Cleo die Augen zu schmalen Schlitzen zusammen. Ihr grauer Schwanz schaukelte besorgt hin und her, während ihre Blicke den dunklen Raum durchsuchten.

Kitty hörte ein Knarren. „Hier entlang!“, flüsterte sie.

Am anderen Ende der Galerie öffnete der Hund mit den Zähnen gerade den Riegel eines Fensters. Kitty schlich näher. Ihre orangen Turnschuhe waren auf dem polierten Fußboden vollkommen lautlos. Der Einbrecher hatte den Goldenen Tiger abgestellt. Wenn sie nahe genug herankämen, könnten sie sich die Statue vielleicht zurückholen.

Tiger stieß mit seinem flauschigen Schwanz gegen einen Tisch, auf dem ein Stapel alter Münzen umfiel. Klimpernd drehten sie sich im Kreis. Als der Hund sich erschrocken umdrehte, schimmerte das Mondlicht auf seinem gescheckten Fell. Seine Augen waren weit geöffnet und er wirkte irgendwie weggetreten, fast wie in einem Tagtraum.

Kitty versteckte sich im Schatten und legte einen Finger an die Lippen. Tiger machte den Eindruck, als würde er gleich miauen, doch Figaro hielt ihm das Maul mit der Pfote zu. Der Dieb stieß ein tiefes Bellen aus, bevor er die Statue aufhob, das Fenster aufstieß und sich ins Freie zwängte. Kitty sprintete hinterher und schaute auf den breiten Sims hinaus, doch der diebische Hund war bereits verschwunden.

Nachdem Kitty ihm nach draußen gefolgt war, kletterte sie aufs Dach. Wie nützlich es doch war, bei Nacht so gut sehen zu können! Angestrengt blickte Kitty auf die finsteren Straßen hinunter.

Als Cleo und die anderen zu ihr kamen, zuckte Tiger ängstlich mit den Schnurrhaaren. Mondlicht fiel auf sie herab und ließ die Glaskuppel des Museums funkeln.

Cleo miaute verärgert. „Wie konnte ich nur so dumm sein?! Hätte ich besser achtgegeben, anstatt mit euch zu plaudern, wäre das nie passiert."

„Es ist nicht deine Schuld! Sei nicht traurig –

wenn du willst, verfolgen wir den Dieb für dich!", schlug Kitty vor.

„Das würdet ihr tun?" Cleo sah sie dankbar an. „Dann gebe ich dir hiermit den Geheimauftrag, den Goldenen Tiger zurückzuholen! Und ich komme mit."

Kitty nickte und spürte, wie es in ihrem Bauch kribbelte. Da entdeckte sie den Hund, der gerade in eine kleine Gasse rannte. Der Goldene Tiger glänzte in seinem Maul. „Seht mal, da ist der Dieb! Er hat es schon nach unten auf die Straße

geschafft." Kitty schob sich an die Kante und bereitete sich darauf vor, aufs nächste Dach zu springen.

„Sei vorsichtig, Kitty!", rief Tiger.

Kitty spürte, wie ihre Superkräfte sich bereit machten und ihr Herz vor Aufregung hüpfte. Sie war fest entschlossen, den Hundedieb nicht aus den Augen zu verlieren und Cleos Geheimauftrag zu erfüllen. Kitty stieß sich von der Kante ab und kam auf dem Nachbardach auf. Sie rannte sofort weiter, so schnell, als würden ihre Füße dabei kaum die Dachziegel berühren.

Mit ausgestreckten Armen balancierte und sprang sie von einem Gebäude zum nächsten. Schwarz wie die Nacht flatterte der Umhang dabei um ihre Schultern. Bis zum Boden schien es ungeheuer tief, aber Kitty hatte keine Angst. Sie vertraute auf ihre Superkräfte. Sie würde es schaffen!

Der braun-weiß gescheckte Hund hielt vor einer Reihe von Geschäften an. Kitty schlich näher und ging hinter einem Schornstein in Deckung, während der Hund sich umsah. Kurz darauf war er nicht mehr zu sehen. Cleo und Tiger flitzten zu Kitty.

„Wo ist er hin?", fragte Tiger.

Figaro schnaufte ein wenig, als er die anderen einholte. „Offensichtlich ist er ein gerissener Hund. Er könnte überall sein!"

Kitty krabbelte bis an die Ecke des Gebäudes, wo sie eine Feuerleiter fand. „Hier kommen wir nach unten." Auf Zehenspitzen tappte sie die Metallstufen hinab und die Katzen folgten ihr leise.

Der Hundedieb sauste durch die Straße, die Statue noch immer fest zwischen den Zähnen. Neben einem Laden blieb er schließlich stehen, öffnete die Tür und ging hinein.

Kitty folgte ihm mit sicherem Abstand. Sie blickte zu dem Schild über dem Laden, das von einer Straßenlaterne beleuchtet wurde. „Tierhandlung *Pfoten im Glück*", las sie vor. „Meint ihr, er wohnt hier?"

Tiger machte große Augen. „Vielleicht klaut er für sein Herrchen."

„Sehr seltsam!", sagte Figaro. „Von diesem Geschäft habe ich noch so gut wie nichts gehört. Ich glaube, es hat erst vor wenigen Monaten eröffnet."

Cleo seufzte schwer. Im Licht der Straßenlaterne schimmerte ihr graues Fell orange.

„Ich war leichtsinnig. Ich hätte das Museum besser beschützen müssen. Das muss ich in Ordnung bringen!"

„Du hast deine Arbeit gut gemacht", versicherte Kitty ihr. „Es tut mir leid, dass wir dich abgelenkt haben! Kommt, wir überprüfen die Fenster und überlegen, wo wir am besten einsteigen können!"

„Gute Idee! Wenn wir den Dieb überraschen …" Schlagartig verstummte Cleo, weil die Tür sich erneut öffnete.

Der Hundedieb flitzte ins Freie. Seine Augen waren noch immer weit aufgerissen und glasig. Nachdem er die Straße hinabgewetzt war, verschwand er in der Dunkelheit.

„Er hatte die Statue nicht bei sich“, rief Kitty. „Also muss sie im Laden sein!“

„Hier drüben führt ein Weg hinein.“ Figaro deutete auf ein offenes Fenster direkt unter dem Dach.

„Du und Tiger solltet Schmiere stehen, damit ihr uns warnen könnt, falls der Dieb zurückkommt“, sagte Cleo. „Er könnte gefährlich sein.“

„In Ordnung!“ Figaro nickte. „Aber seid ja vorsichtig!“

„Keine Sorge, wir passen auf!“

Kitty kletterte die Wand hoch und spähte durch das offene Fenster in den Laden.

Drinnen war es dunkel, trotzdem war reichlich Scharren und Quieken von den Tieren aus den Käfigen zu hören. Kitty glitt durch die Öffnung, stieg auf einen Schrank und ließ sich lautlos zu Boden fallen. Anschließend half sie Cleo herein.

Auf dem grauen Fliesenboden spiegelte sich das Mondlicht. In der Mitte des Geschäfts standen Dutzende Käfige: große Vogelvolieren, Meerschweinchen- und Kaninchenställe und Terrarien für Schildkröten.

Weiter hinten verbargen sich im Dunkeln Regale voller Tierfutter, Körbchen und Kissen.

„Wo hat er den Schatz wohl versteckt – was meinst du?", flüsterte Kitty.

Cleo schnupperte. „Seiner Fährte zu folgen ist schwierig. Hier drin gibt es einfach zu viele verschiedene Tiergerüche."

„Dann müssen wir wohl oder übel alles durchsuchen." Kitty sah sich nach möglichen Verstecken um. Dann zeigte sie auf die Ladentheke. „Ich schau da drüben nach." Aber als sie sich umdrehte, hatte sie das sonderbare Gefühl, beobachtet zu werden.

Verborgen hinter den Regalen mit dem Tierfutter, musterte sie ein Paar strahlend goldener Augen. Kittys Superkräfte verrieten ihr sofort, dass es Katzenaugen waren. Das

Tier hatte honigfarbenes Fell und auf seinem Halsband funkelten Edelsteine.

Kitty hielt den Atem an. Wer war diese fremde Katze und was wusste sie über den Diebstahl des Goldenen Tigers?

Pfoten im Glück

Die Katze mit den eigenartigen goldenen Augen starrte Kitty durchdringend an. Dann verschwand sie wortlos durch eine Tür in ein Hinterzimmer.

„Hast du das gesehen?“, flüsterte Kitty. „Wir sollten diese Katze fragen, was sie über die Statue weiß.“ Sie drehte sich zu Cleo um, doch die schien sich in Luft aufgelöst zu haben.

Kitty zögerte. Hatte die fremde Katze Cleo verscheucht? Oder hatte die Museumskatze einen eigenen Plan, um die Statue zu finden?

Im Hinterzimmer ging das Licht an. Kitty eilte an den Käfigen vorbei. Sie sah viele

schlafende Kaninchen in ihren Ställen und Hamster, die hellwach in ihren Rädern flitzten. In einem hohen Käfig kuschelten sich zwei Papageien mit wunderschönen grün-roten Federn aneinander und hatten die Köpfe dabei unter dem Flügel versteckt.

Vor der Tür des Büros blieb Kitty stehen. Schreibtisch, Stuhl und Aktenschränke waren bedeckt und vollgestopft mit jeder Menge glitzernder Dinge. In jeder Ecke des Zimmers funkelten Schätze: silberne Teller, Perlenketten und Edelsteine in sämtlichen Farben des Regenbogens.

Kitty blieb vor Staunen der Mund offen stehen. All diese Reichtümer mussten gestohlen sein! Ob der Hundedieb sie angesammelt hatte?

„Sei mir gegrrrrrüßt!“, ertönte eine hohe Stimme.

Kitty zuckte zusammen. Die Katze mit den goldenen Augen lag auf einem Stapel glänzender Münzen. Ihr ganzer Körper war von honigfarbenem Fell bedeckt und auf ihrem Halsband stand in Diamanten der Name *Prinzessin*. Sie stellte die spitzen Ohren auf, als Kitty eintrat. In ihren Goldaugen lag ein seltsamer Ausdruck, als versuche sie, Kitty zu durchschauen.

„Hallo, ich bin Kitty! Ich suche nach einer Tigerstatue. Der Hund, der sie gestohlen hat, ist vor ein paar Minuten durch deine Tür gekommen."

Die Augen der Katze funkelten und ihr Schwanz zuckte vor und zurück. „Mein Name ist Prinzessin. Du musst das Mädchen mit den Superkräften sein, von dem ich schon so viel gehört habe. Ich wette, deine Fähigkeiten sind sehr nützlich!"

Kitty runzelte die Stirn. Diese Katze war irgendwie seltsam. „Ich versuche, mit meinen Kräften anderen zu helfen. Deshalb suche ich nach dem Goldenen Tiger. Die Statue wurde heute Nacht aus dem Museum gestohlen – und sie ist etwas ganz Besonderes! Hast du den Hund gesehen, der hier im Laden war?"

Prinzessin sah Kitty von der Seite an und begann, ihr Fell zu pflegen. „Nein, ich habe gar nichts gesehen."

„Aber er war doch hier!" Kitty sah zu, wie Prinzessin ihre Pfoten abschleckte und sich hinter den Ohren putzte. Plötzlich kam ihr ein Geistesblitz. Was, wenn der Hund gar nicht für den Diebstahl verantwortlich war? Prinzessin schien eine schlaue und listige Katze zu sein. Kitty hätte ihr sofort zugetraut, dass sie einen Plan aushecken konnte, um dem Museum seine Schätze zu rauben.

Kitty schaute Prinzessin ernst an. „Ich glaube, du weißt viel mehr über die Statue, als du zugibst. Sag mir, wo sie ist!"

Prinzessin lachte hell. „Warum sollte ich? Der Goldene Tiger gehört nun mir. Er passt hervorragend in meine Sammlung. Ich *mag* Glitzerdinge!“ Sie streckte sich auf den Goldmünzen aus und gähnte übertrieben.

„Aber morgen kommen viele Besucher, um die neue Ausstellung zu sehen!“, rief Kitty. „Wenn der Goldene Tiger nicht da ist, werden sie wahnsinnig enttäuscht sein. Diese Statue ist wirklich wichtig.“ Im letzten Moment verkniff Kitty es sich, Prinzessin von der Legende zu erzählen, nach der die Statue

angeblich Wünsche erfüllen konnte. Eine Katze wie sie würde sich vermutlich etwas sehr Egoistisches wünschen – etwas, das anderen vielleicht schadete!

„Sollen sie sich doch mit den anderen Sachen im Museum zufriedengeben!“,

keifte Prinzessin. „Menschen sind solche Jammerlappen! Ich habe mir doch nur eine *winzig* kleine Statue genommen. Auf die können sie ja wohl verzichten!“

Kitty warf der Katze mit den Goldaugen einen bösen Blick zu. Es hatte keinen Sinn, vernünftig mit ihr zu reden! Unauffällig ging Kitty ein Stückchen weiter in den Raum hinein, um nachzusehen, ob der Goldene Tiger vielleicht hinter dem Stapel Münzen versteckt war.

„Ach, die Suche kannst du dir sparen!“ Prinzessin deutete hochmütig auf eine graue Metallkiste, die an der Wand befestigt war. „Ich habe meine Statue sicher im Tresor verstaut. Später hole ich sie heraus, um mir die Diamanten anzusehen, bevor ich ein Nickerchen mache.“

Kitty sprang zum Tresor. Er war fest ver-

schlossen und auf der rechten Seite gab es ein Zahlenschloss mit drei Feldern. Prinzessin lachte noch einmal glockenhell. Kitty fuhr herum und sagte verärgert: „Wie kommt der Hund überhaupt dazu, für dich zu stehlen? Wisst ihr zwei denn nicht, dass man das nicht tut?"

„Er macht alles, was ich ihm befehle." Prinzessin strahlte. „So wie jeder, der mir erst einmal in die Augen geschaut hat … Auch du!" Ihre goldenen Augen wurden größer und Kitty fühlte sich wie magisch von ihnen angezogen. Prinzessin redete mit tiefer, schnurrender Stimme weiter. „Hör gut zu! Du wirst vergessen, dass du mich je gesehen hast. Du wirst dich nicht

einmal mehr an diesen Laden erinnern. Du wirst jetzt sofort gehen und niemals wiederkommen."

Kitty wurde schwindelig. Kurz konnte sie sich kaum noch daran erinnern, warum sie überhaupt hier war. Dann fiel ihr ein, wie gerne sie Cleo helfen wollte, und ihr Blick wurde wieder klar. „Den Hund magst du hypnotisiert haben, aber bei mir klappt es nicht! Vielleicht liegt es an meinen Superkräften."

„Pah!" Prinzessin glitt gemächlich von dem Münzstapel herunter, drehte Kitty den Rücken zu und machte es sich auf einer Samtdecke gemütlich.

Kitty dachte nach. Offensichtlich war Prinzessin viel gefährlicher, als sie angenommen hatte. Solange niemand die Katze mit den goldenen Augen stoppte, würde sie den Hund dazu bringen, immer mehr Schätze zu stehlen. Vielleicht würde sie sogar noch andere Tiere hypnotisieren und zum Mithelfen bewegen.

Da kam Kitty eine Idee. Vielleicht könnten die Geschichten über die Statue ihr helfen. Womöglich konnte sie Prinzessin so viel Angst einjagen, dass sie die Kostbarkeiten freiwillig zurückgab.

„Es gibt da etwas über den Goldenen Tiger, das du noch nicht weißt", fing sie an. „In der Legende heißt es, dass auf der Statue ein schrecklicher Fluch liegt."

Prinzessin hörte auf, sich zu putzen, und spitzte die Ohren. „Warum sollte mich das kümmern?"

„Weil die Statue angeblich gruselige Geister herbeiruft, um Rache zu nehmen, wenn man sie verärgert", sagte Kitty.

Prinzessin schwieg einen Moment. „Glaubst du, das stimmt?"

„Ich weiß es nicht." Kitty fiel auf, dass die Katze beunruhigt mit dem Schwanz zuckte. Sie überlegte, mit welchen Einzelheiten sie die Geschichte glaubhafter machen könnte. „Aber *falls* es stimmt, kommen die Geister wahrscheinlich mitten in der Nacht durch winzige Ritzen im Türrahmen." Sie schauderte. Wenn das wirklich so wäre, wäre es echt gruselig!

Prinzessin setzte sich kerzengerade auf, während ihr Schwanz immer schneller zuckte. „Geister? Türrahmen?“

Aus dem vorderen Teil des Ladens ertönte ein Knall und kurz darauf gab es ein lautes Scheppern.

Kitty zuckte zusammen. Vielleicht war der Fluch ja *tatsächlich* echt!

„Was war das?“ Prinzessin sprang mit einem Satz durchs Zimmer und griff mit beiden Pfoten nach Kittys Hand. „Rette mich, Kitty! Ich bin eigentlich gar keine so böse Katze, ehrlich!“

„Bleib dicht bei mir.“ Kittys Herz klopfte wie verrückt, als sie auf die Tür zuschlich. Sie hörte das hektische Quieken und Flattern der

Tiere, die der merkwürdige Lärm geweckt hatte. Kitty wich einer Kiste Fischfutter aus, die vom Regal gefallen war. Dann überwand sie ihre Angst und sprang tapfer in den Verkaufsraum.

Ende gut, alles gut

Kitty erschrak, als ein Hamster durch ihre Beine hindurchflitzte. „Jemand hat sämtliche Käfige geöffnet!", keuchte sie. „Alle Tiere sind frei."

Der kleine Hamster kletterte auf ein Regal und fiepte kläglich, während ein Kaninchen mit rosa Ohren über den Kassentresen hoppelte. Die grün-roten Papageien flogen aus ihrem Käfig und krächzten: „Haltet den Dieb!"

„Der Fluch!“, jammerte Prinzessin. „Ich wünschte, diese schreckliche Statue wäre nie hier gelandet.“

Plötzlich entdeckte Kitty Cleos Gesicht, das hinter einem Stapel leerer Aquarien hervorlugte. Die graue Katze war gerade dabei, eine Packung Hamsterfutter aus dem Schrank zu schubsen.

Kitty begriff sofort: Cleo hatte das ganze Chaos angestiftet, damit Prinzessin die Geschichte über den Fluch glaubte. Die Museumskatze musste ihr Gespräch belauscht haben!

Prinzessin rannte aufgeregt im Kreis und drehte die spitzen Ohren von einer Seite zur anderen. Noch mehr Krachen

ertönte, als Cleo einen Schwung Hundeleinen auf den Boden stieß. Prinzessin machte einen ängstlichen Katzenbuckel. „Kitty, die Geister sind gekommen und wollen Rache. Oh, bitte hilf mir!“

Cleo ging hinter den Aquarien in Deckung, während die Katze mit den goldenen Augen voller Angst umherflitzte.

„Na ja, ich könnte die Statue doch zurück ins Museum bringen, oder?“, schlug Kitty vor. „Dann hört der Fluch auf.“

„Ja, ja! Ich gebe dir das dumme Ding!“, rief Prinzessin. „Ich will sie nie wieder sehen.“ Sie

rannte zum Tresor, öffnete das Schloss und die Tür schwang klickend auf.

Kitty nahm den Goldenen Tiger heraus, der schwer in ihrer Hand lag. „Keine Angst, jetzt kann dir nichts mehr passieren“, beruhigte sie Prinzessin. „Aber um ganz sicher zu sein, solltest du dem Hund auftragen, auch all die anderen gestohlenen Sachen ihren Besitzern zurückzugeben.“

„Versprochen, das mache ich!“, gelobte Prinzessin mit ängstlichem Blick.

„Und du darfst ihn niemals wieder hypnotisieren – und auch sonst niemand“, ergänzte Kitty.

Prinzessin nickte hastig. „Ab sofort bin ich brav. Bitte lass nicht zu, dass der Fluch mich trifft!“

„Warte hier auf mich. Ich sorge dafür, dass alles gut wird“, sagte Kitty, bevor sie zurück in den Verkaufsraum rannte.

Mit Cleos Hilfe brachte sie die meisten Tiere zurück in ihre Käfige.

Da klopfte es laut am Fenster und Tigers Gesicht tauchte auf. „Kitty, der Hund kommt zurück und oben hat jemand das Licht angemacht!“

„Mach's gut, Prinzessin!", rief Kitty. „Vergiss dein Versprechen nicht!"

Kitty und Cleo versteckten sich im Schatten, als der Hund zurück in das Geschäft trottete und in den Hinterraum flitzte.

Kitty drückte den Goldenen Tiger fest

an sich. „Wir haben es geschafft!", flüsterte sie. „Cleo, du bist die beste Wachkatze, die ein Museum sich wünschen kann! Es war so schlau von dir, dieses Kuddelmuddel anzurichten, damit Prinzessin Angst vor dem Fluch bekommt!"

Cleo reckte stolz die Brust vor. „Ich habe gleich gemerkt, dass diese Katze die Statue so leicht nicht wieder hergibt, also habe ich so viel Lärm wie möglich gemacht! Aber ohne dich hätte ich das nicht geschafft, Kitty. Ich wünschte, ich hätte immer jemanden, der mir hilft und der eine solch gute Freundin ist."

Tiger und Figaro rannten zu ihnen. Tiger musterte die Statue besorgt. „Ich weiß, der Fluch ist nur eine Geschichte … aber vielleicht sollten wir den Goldenen Tiger trotzdem so schnell wie möglich zurück ins Museum bringen!"

„Meine Worte!" Figaro gähnte und streckte sich. „So viel Aufregung macht müde. Außerdem ist mein Bauch ganz leer und ich brauche dringend ein hübsches, großzügiges Abendessen."

Über die Feuertreppe stiegen sie wieder hinauf aufs Dach. Oben angekommen, rannten sie los und hüpften von einem Gebäude zum nächsten. Am Himmel stieg der Mond immer höher und die Sterne funkelten.

Nachdem sie auf das Museumsdach gesprungen waren, hielt Kitty einen Moment inne und blickte über die Stadt. Der Nachtwind wehte übers Dach und ließ ihren Umhang flattern.

„Oh weh!“, rief Cleo. „Anscheinend hat Sven bemerkt, dass die Statue fehlt.“

Kitty spähte durch die Glaskuppel. Zwei Männer beugten sich über das Podest, auf dem der Goldene

Tiger hätte stehen sollen. Einer trug die dunkelblaue Uniform eines Wachmanns, der andere hatte eine Glatze, die im Mondlicht glänzte.

„Wer ist der Zweite?", fragte Kitty.

„Das ist Herr Martin, der Museumsdirektor", erklärte Cleo.

„Und was machen wir jetzt?", rief Tiger. „Wir können die Statue nicht zurückbringen, ohne dass sie uns sehen."

Kitty runzelte die Stirn. „Natürlich könnten wir einfach alles erklären … Aber dann würden sie vielleicht den Besitzern der Tierhandlung die Schuld für das geben, was Prinzessin angerichtet hat – und das wäre nun wirklich nicht fair."

Figaro zwirbelte seine tiefschwarzen

Schnurrhaare. „Ich habe da womöglich eine Idee! Mir nach!"

Sie folgten Figaro durch eins der oberen Fenster. Als sie über die Marmortreppe nach unten liefen, hallten ihre Schritte laut durch die stillen Räume. Versteckt hinter einer Säule sahen sie zu, wie noch mehr

Mitarbeiter des Museums durch die Flure zum Ausstellungsraum rannten.

„So viele Menschen – man könnte glatt meinen, dass bald die ganze Stadt hier ist." Cleo zuckte mit dem Schwanz. „Besser, wir beeilen uns!"

„Hier entlang!" Figaro flitzte ins Museumsrestaurant, wo er neben einer Reihe verlockender Kuchen stehen blieb. Jeder Kuchen stand unter einer Haube aus Glas.

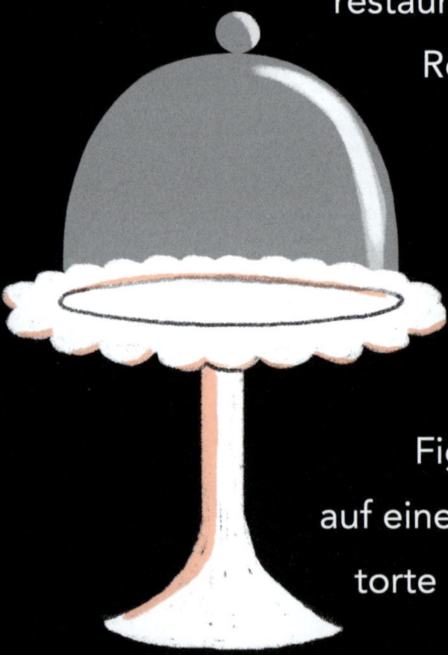

„Was hast du vor, Figaro?", fragte Kitty.

Figaro deutete mit der Pfote auf eine herrliche Vanille-Blaubeertorte mit Zuckerguss. „Da wir die

Statue nicht an ihren eigentlichen Platz zurückbringen können, müssen wir sie irgendwo hinstellen, wo man sie morgen früh sofort findet. Wenn wir sie hierlassen, können die Menschen sie gar nicht übersehen. Ich schlage vor, wir nutzen dafür den leeren Schokokuchenständer."

Kitty schaute die Reihe der Köstlichkeiten entlang. Ganz am Ende, neben dem Zitronenkuchen mit dem weißen Zuckerguss, befand sich ein leerer Tortenständer. Vor dem Ständer befand sich ein Schildchen mit der Aufschrift *Schokokuchen.* Nur wenige dunkelbraune Krümel waren noch zu sehen.

„Gute Idee!" Cleo nickte Figaro anerkennend zu. „Viele Besucher und auch die Mitarbeiter holen sich morgens hier erst einmal

Kaffee und Kuchen. Sie werden die Statue sofort bemerken." Cleo hüpfte auf die Theke und hob mit den Zähnen die Haube aus Glas vom Ständer.

Kitty stellte den Goldenen Tiger vorsichtig darunter. Als ihr die Legende wieder einfiel, überlegte sie, ob die Statue wirklich wusste, was sie sich tief im Inneren wünschte. Sie berührte die ausgestreckte Pfote und die Smaragdaugen des Tigers leuchteten im schummrigen Licht kurz auf. Kitty lächelte und auf ihrem Rücken kribbelte es.

Cleo stellte die Haube zurück auf den Ständer. „Schnell! Man darf uns nicht sehen!"

Die anderen sausten zurück in den Gang, doch Kitty musste noch kurz etwas erledigen.

Nachdem sie hinter dem Tresen einen Stift gefunden hatte, schrieb sie auf einen der Bestellzettel eine Nachricht:

Ihren Anteil an der Rettungsaktion hielt sie geheim – das brauchte keiner zu wissen. Lächelnd legte Kitty den Zettel neben die Statue und rannte den anderen nach.

Als alle gemeinsam wieder auf dem Dach waren, schlug die Kirchturmuhr Mitternacht.

„Habt vielen Dank!" Cleo verneigte sich tief. „Kitty, ich werde nie vergessen, dass du mir geholfen hast. Du bist eine wahre Freundin!"

„Wenn meine Eltern mit mir ins Museum gehen, besuche ich dich", versprach Kitty.

„Sie werden die Geschichte über die Statuen-Rettungsmission lieben!“

Kitty, Tiger und Figaro machten sich im Mondlicht über die Dächer auf den Heimweg. Tiger schmiegte sich an Kittys Beine. „Kitty, hast du die Pfote des Goldenen Tigers berührt?“

Kitty lächelte den kleinen orangen Kater an. „Oh ja! Am Kuchenstand, kurz bevor ich zu euch gekommen bin.“

Tiger lief um einen Schornstein herum. „Was ist dein größter Wunsch? Meinst du, er wird wahr?“

„*Mein* größter Wunsch wäre ein köstliches Stück Lachs, gegart in Knoblauch und Kräutersoße“, meldete Figaro sich zu Wort.

„Ich dachte, ich würde mir Rubine und Diamanten wünschen, aber mein Wunsch war gar nicht für mich selbst – sondern für Cleo. Ich hoffe, die Leute vom Museum begreifen, was sie ihr zu verdanken haben, und ernennen sie zur Nachtwächterin." Kitty blieb stehen, um den herrlichen Nachthimmel und die Lichter der Stadt zu bestaunen, die in der Dun-

kelheit leuchteten. Dann blickte sie Figaro und Tiger an. „Mein größter Wunsch ist nämlich schon längst in Erfüllung gegangen: Mit meinen Freunden hier zu sein ist das beste Abenteuer überhaupt!"

Superfakten über Katzen

Superschnelligkeit

Hast du schon einmal beobachtet, wie eine Katze vor einem Hund wegläuft? Wenn ja, weißt du, dass sie sehr schnell sein können – fast bis zu 50 km/h!

Supergehör

Katzen haben ein unglaublich gutes Gehör und können ihre Ohren drehen, um selbst das kleinste Geräusch genau zu orten.

Superreflexe

Kennst du die Redewendung, dass Katzen angeblich immer auf ihren Füßen landen? Das sagt man, weil Katzen verblüffende Reflexe haben. Wenn eine Katze fällt, spürt sie schnell und instinktiv, in welche Position sie sich bewegen muss, damit sie sicher landet.

Supersprungkraft

Eine Katze kann aus dem Stand heraus über zwei Meter hoch springen. Zu verdanken hat sie das den kräftigen Muskeln ihrer Hinterbeine.

Supersehkraft

Katzen können auch in der Nacht wahnsinnig gut sehen. Das kleinste bisschen Licht genügt ihnen. So können sie sogar bei Dunkelheit auf die Jagd gehen.

Supergeruchssinn

Katzen haben einen sehr ausgeprägten Geruchssinn, 14-mal besser als der eines Menschen. Wusstest du, dass die Nase einer Katze durch ein ganz besonderes Muster genauso einmalig ist wie der Fingerabdruck eines Menschen?

Paula Harrison

Bevor sie als Schriftstellerin Erfolg hatte, war Paula jahrelang Grundschullehrerin. Während dieser Zeit hat sie gelernt, was Kinder an Geschichten mögen und wie sie auf Humor und Spannung reagieren. Diese Erfahrung war sehr nützlich für sie, sodass sie viele erfolgreiche Geschichten für junge Leser schreiben konnte.

Jenny Løvlie

Jenny stammt aus Norwegen und ist Illustratorin, Designerin und liebt Kreatives, Essen und Vögel. Die enge Bindung zwischen Menschen und Tieren fasziniert sie. Für ihre Arbeit benutzt sie gerne mutige Farben und Formen.